息の

藤原暢子 句集

Fujiwara Yoko

文學の森

息の　目次

装画写真　藤原暢子
装丁　水崎真奈美

句集

息の

おほきな家

木の棒の生き生きしたるこどもの日

じやがいもの花より雲の生まれけり

緑蔭をおほきな家として眠る

風やがてこゝろに変はれる昼寝覚

青梅のひとつそれからたんと見ゆ
ほうたるの消えてあかるくなりにけり

夏休すべて緑のこどもたち

水に咲く蓮の乾いてをりにけり

釣鐘草うちがはは雨知らぬまま

八百屋から貰ひてきたる金魚かな

すすき川すすき自転車道ひかる

秋の蚊に刺されゴムボールの匂ひ

龍淵に潜む午後より雨のくる
石段を降り鉦叩鉦叩

葛の花のびる離宮へ届くまで

傘ささぬままに歩いて竹の春

放課後の校庭が好き蓑虫は
踏切のかんかんかん蟷螂枯れてくる

笛吹いて懐に冬呼びにけり

木枯や拝む手に銭匂はせて

前にしか逃げられぬ鳩冬ぬくし

触れてみて指にやさしき若菜摘む

こゑを聞くかたちに生まれふきのたう

立春の花屋の人と目の合ひぬ

三人のあくびの鳥の巣に届く

盆梅の影のおほきくなりにけり

よく晴れて仔馬の匂ふジャージかな

江戸の町はなれし独活ののびのびと

龍天に登りしあとの水たまり

鬼を

練り歩く神輿はこゑになりながら
生きてゐる祭太鼓は腹で聞く

三伏の鉦鳴る町を歩きをり
町ひとつ祇園囃子に沈みゆく

笛の音は語り部となり月涼し

手花火が川を挟んでをりにけり

ぽんと下駄買うて踊に加はりぬ

踊の夜町少しづつずれてゆく

井戸水を使うて白き曼珠沙華

菊の香や堂に祀りしもの見えず

三方の真中に置きし南瓜かな

晩秋の魚の目玉を三つ喰ふ

露寒しテキ屋に消えてゆくところ

万両の鳴らしてみたくなる赤さ

東京の坂道抜けて神の旅
ざくざくと足が落葉へもどりけり

鳥居から舟の離れてゆく寒さ

かたんことん城過ぐる窓年の内

神様のくる門松に触れてをり

寒晴のストンと的を射抜く音

凍菊を解かした指を持つ朝

綱引の手に吉兆の重さあり

山笑ふ三河の国に鬼出でて
こどもらの声あり春祭うごく

若衆の東風にふくらむ袴かな

鈴の音の四方に響いて鳥雲に

白梅の夜の参道の長くある

春の雨鬼をぬらしてゆきにけり

舟の名

春キャベツ畑を抜けて岬へと

塀越えてゆく息とたんぽぽの絮

蠅生まれ西京味噌の味覚ゆ

逃水のうすずみ色に逃げにけり

躑躅咲き記憶の公園へと変はる
行く春の舟の灯りを見てをりぬ

留守任す金魚へラジオつけておく

仕出し屋の水の調べの夏始

円描いて元へ戻れり道をしへ
灯の点る造船所より夏の暮

糸取の気づけば歌のなかにゐる

観音やバケツに百合の生けてあり

秋暑し歯車納屋に朽ちてゐて

舟小屋のかたむいてゐる秋彼岸

白萩やかがんで入る木の扉

木賊すぽんすぽんと抜いて思ひ出す

曖昧に応へ柿紅葉を拾ふ

夜に穴を穿ちてゆける鹿の声

残る虫寂しい耳に住まはせて
神の留守水脈見てをれば海へ出る

芒枯る島の真中を抜けるバス

どの舟の名にも丸あり年送る

瀬戸内の山なだらかに三が日

父の忌の今年も雪を呼びにけり

煙突

椿こぼれ背丈の違ふ子がふたり

梅東風の坂の谷間の鮮魚店

まんさくの花に部品の欠けてをり

日の匂ふ古草を背につけてゆく

人のかほ描かれてゐたる巣箱かな

喫茶室暗き昼間の抱卵期

新緑の中の公衆電話かな

生きものの声消えてゐる竹落葉

優曇華を吹く身の丈の縮みけり

滝壺やふと思ひ出す火の始末

紅蓮のうへ飛行機の浮かびをり

電話より約束漏るる半夏生

真つ黒な蛭の光れる昼間かな

帰り道は遠雷のはうにある

空色のバケツを蛸の逃げ出しぬ

波に濡らして夏服は完成す

西瓜割る厨の赤くなりにけり

耳の奥ことり台風発達す

秋晴の川三つ越え会ひにゆく

敗荷は水面へ空をかへしつつ

菓子箱へいろいろ詰めて木の実かな

満月につり合ふ手紙届きけり

菰巻が家族写真にをさまりぬ

むささびに風の曲がつてをりにけり

オルゴール回し聖夜を繰り返す

羽毛布団被りて違ふ声を出す

読初や古本にある近未来

一番星から歩道橋凍ててくる

口が声忘れてゐたる寒さかな

煙突を見てマフラーを巻き直す

息の

雪しろや工場の窓の割れてゐて

お彼岸の白き山より風のくる

良寛の書や春の雨降りつづく

紅梅のそばに並んで竹箒

木に戻りつつある家も暮れかぬる

永き日の暗渠の橋を渡りけり

順番に人のしやがんでゆく菫

さへづりの三角形に響きけり

いくらかの色欠けてゐて春の虹

花楓旅の荷物は軽くして

夏蝶の落つ鉄橋のアーチかな

滝までを螺旋階段続く家

押しボタン式信号夏燕過ぐ

鴨足草ここより道の細くなり

エプロンの人の出てくる泉かな

海芋咲くプラスチックの椅子三つ

どこからか繰り返されてゐる瀑布

合歓咲くや彫られて石となる天女

蕎麦殻の枕さりさり明易し
波の音かへしてゐたる団扇かな

茄子漬や鳶の声のよくのびて

牛乳も甘酒もある喫茶室

揺れてゐてとうすみのゐる草であり

観音に乞うて昼寝をしてをりぬ

畳屋の白い朝顔ひらきけり

川渡る列車たたたんと涼新た

切り離す列車は秋の田へ入りぬ

石塀の擦り減つてゐる残暑かな

山のうへ城を浮かべて法師蟬

冷ややかや染物店の奥にこゑ

ふと目覚めては山霧の駅にをり
秋めくと石碑にばかり囲まるる

西行の笠懸けし色変へぬ松

秋澄んで水の流れを登りけり

花梨の実鞄の闇の甘くなる

さんかくの草の実つけて足かろし

毬栗のたくさん当たる石仏

きばなこすもすひと休みする合図

仰向けを空へ見せれば小鳥来る

火打ち石かちかちかちかちかち天高し

爽籟や伐り出されては薫る木々

コスモスを揺らせる息のいつか風

冬の蠅あかるい色にとまりけり

水涸れて耳は遠くの音を聞く

芒枯るおほきな山は火を溜めて

ガードレールに大根の干されをり

鉛筆のにほひ落葉を拾ふとき

宿題続く少女らの暖房車

あをぞらへおでんの息をはきにけり

風聞く耳

二の午の人の絵馬見て帰りけり

金縷梅に武蔵野の風からまりぬ

啓蟄の友が子どもと出てきたる
をぢさんのチョッキ蝶柄さくらさく

春風のぬけてカブト屋文具店
遅刻するあたまへ花をつけてゆく

初夏や舟で向かひし国技館

鉄を切る匂ひのしたる芒種かな

竹皮を脱ぐ左官屋は弧を描き

夕涼の知らぬ町いつものラジオ

ほととぎすバスは五人を吐き出して
新じゃがと軽トラックへゆづる道

世話を焼く尻ぶるぶると親燕

見てからはずっと蛍火だと分かる

百足虫さらさら私を樹と思ふ

蚊遣火や山羊のふぐりの揺れてゐて

あづまやの柱凸凹あをあらし
三尺寝風聞く耳をひとつ開け

入口をハローと読んで秋の風

子どもらの田に七人の案山子立つ

城のある山をくだりし穴まどひ
ポケットの栗逃げ出さぬやう触る

改札を先にとほりしちちろ虫

埼玉の銀座にひらく曼珠沙華

自販機のじいんじいんと月灯す

長き夜のいつもと同じ数の橋

秋の夜の車窓とほくの遊園地
抜け道にラッカー匂ふ冬始め

小春日の埠頭へとんと降りにけり

ＡＭラジオに鯛焼は型を出づ

初日浴ぶ飛び石はみな違ふ顔

ゆきふると言へば雪降る紀尾井坂

町の名

初午の鳥居鉄工所の名前

寒明の中華飯店鍋響く

花菜風学生がバス追ひ越しぬ

うららかや町の名のつくカレーパン

宮平たばこ店花貼り付きぬ

名画座は沈丁花から遠からじ

朝涼の犬をはさんでゐる二人

梅雨入の蛍光灯のりんと鳴る

冷房のなか描かれてゐる鏡

船底のやうな店ある夏夕

親指ほどの茄子なつて商店街

シャッターを切ると風吹く夏椿

知らぬ子に自慢されたる雨蛙

甲虫戻しに来る親子かな

ゆさゆさと力士歩める野分晴

風に置かれて秋祭待つ太鼓

浅草寺観音裏に割る柘榴
虫の音のしてゐる青いポリバケツ

木造のアパートの町秋ともし
街に底ありすがれ虫あつまれり

武蔵野の宵闇詩のやうな手紙
秋の夜の振り子のおもちゃ揺れ続け

商店街サンタクロース灯しけり

クリスマスイブたくさんの眠れぬ樹

大福を買うて東京雪もよひ

初風のよくとほる町川の町

海の塩

昼寝して海の重さの頭かな

星涼しはじめからまた読みなほす

油絵のピンクの匂ふ卯月かな

渡邉さんの席から見ゆる夏の空

手鏡を忘れて梅雨に入りにけり

映写ただ音の無きまま慰霊の日

はじめての道のみかんの花にほふ
トマト描く人が静かな声出せり

あふむけの誰も戻せぬ黄金虫

カレーパン舌に甘くて炎暑かな

三頁読んで蜻蛉の増えてゐる

酒酌みて月のまんまる三朗忌

秋分の豆大福に目のふたつ

笛太鼓秋蝶のよく飛ぶ日なり

侘助やふりむいて人遠くある

珈琲の向かうに冬の山そびゆ

買初の蜂蜜に日の色のあり

ケチャップに押さるる去年の空気かな

春の野に黄色い菓子を並べをり
からつぽの頭春筍よく響く

春雷や人の詰まりし箱にゐて

独活食うてゐるうちに夜の更けてゆく

のどけしや人居ぬ部屋へ紙投げて
首揺るる郷土玩具と春惜しむ

永き日の封書で届く海の塩

小さきマリア

夏濤の音あり時差に慣れてゆく
人集ふリスボンに風薫るころ

髪洗ふ聖人の日を祝ふ朝

鰯焼く煙あかるき夏祭

ビール干す河口の街を見下ろして
街揺れて聖アントニオ祭つづく

水平の夏の灯河を渡る船

短夜の街音楽を満たしけり

海までを歩いて夏至の明けてくる

余所の子を背なに眠らせねむの花

露台から手を振り海の見ゆる街

泳ぎ来て水のおもさを連れ帰る

口あけて星の出てくる夏夕
砂浜に跣の記憶されてゆく

町へ牛放たれてをり麦の秋

玉葱を下げほの暗き石の倉

渓谷の水にあづける裸かな

その人の息のもう無い夏の山

新藁を積む人へ道尋ねけり

山ひとつ越えて梨食ふ巡礼路

牛の鈴とほく響いて花野かな

満月の朱さに森を抜けにけり

人を待つ窓に檸檬は実りけり

水音の響く厨の終戦日

秋風の届いて小さきマリア像

口伝へする歌星の流れけり

牛と目の合ふそのほかは枯れてゐて

キリストの赤子に戻る聖夜かな

数へ日の息いくつかを音楽に

毛布また足しては夜を深くせり

冬晴の鼻歌とほき国のうた

買初の逢ひたき人に会ふ切符

いきものと思ふ焚火のくづれをり
吹初の互ひの音を見てをりぬ

囀やいつもの宿に夜明けくる
行き先の答へのやうに春の虹

泣いてゐるアーモンド咲くあかるさに
亡き人と旅して永き日となりぬ

蝙蝠傘が受難日の列をゆく
復活祭鐘を鳴らせる街にゐて

アルミ鍋にミルクの沸いて鳥雲に

人の国つないでゆける燕かな

あとがき

いつも、息をするように旅をしたいと思っている。

コロナ禍というものが、いったん落ち着きを見せた二〇二〇年の秋口。久しぶりの旅の行き先に選んだのは、大阪と奈良を結ぶ暗峠だった。

大阪の枚岡駅を出発して、奈良の南生駒駅まで、歩いて峠を越えた。無知な私は、現地に入ってから、そこが芭蕉の生涯における、最後の旅の道であったと知った。知らなかったが故に、芭蕉さんに呼ばれたような気がした。

なお、彼は奈良から大阪へ抜けたので、逆の道のりではあったのだが。大阪側から入ると、暗い、急な上り坂が続いた。峠を越えると、空が大きくなった。棚田がひろがり、様々の草の花が揺れていた。それまで我慢していた、旅の道がひらけたようだった。

　　コスモスを揺らせる息のいつか風

この句は、暗峠を下る道の途中で詠んだものである。私には、やはり旅が必要だと、気づかせてくれた道のりだった。

そんな旅をした二〇二〇年から、二〇二三年までの句の中から、第二句集の句を選んだ。そして、この句から句集のタイトルをとることにした。

また、「小さきマリア」は、ポルトガルの章である。留学を終えた後も、大切な友人達に会いに、ほぼ毎年通い続けている。いつも訪れるのは、かつて暮らした首都、潮の香る河口の街リスボン。そして、冬至の祭礼の撮影を続けている、北東山間部の村々である。友人達の家や、村の祭りの中で過ごす日々は、私の生活と旅に欠かせない一部となっている。この国での暮らしや暦も、ゆっくりと受けとめながら、今後も詠んでいきたい。

これからも、私の旅の道のりに、私らしい句が待っていることを信じて。

そして、私の旅や句を面白がり、いつも背中を押してくれる人々へ、感謝の気持ちを込めて。

藤原暢子

二〇二三年秋

著者略歴

藤原暢子（ふじわら・ようこ）

1978年　鳥取県生まれ、岡山県育ち
2000年　「魚座」入会
2006年　「魚座」終刊
2007年　「雲」入会
2010年　ポルトガルへ渡る（2012年帰国）
2017年　「群青」入会
2019年　「群青」退会
2020年　第10回北斗賞受賞、句集『からだから』刊行
2021年　雲賞受賞

現　在　「雲」同人
　　　　俳人協会会員
　　　　東京都在住。写真家としても活動

e-mail　fujifuji197888@gmail.com
Website　https://fujifuji197888.wixsite.com/yoko-portugal

句集

息《いき》の

発　行　令和五年十二月二十五日
著　者　藤原暢子
発行者　姜　琪　東
発行所　株式会社　文學の森
〒一六九-〇〇七五
東京都新宿区高田馬場二-一-二　田島ビル八階
tel 03-5292-9188　fax 03-5292-9199
e-mail mori@bungak.com
ホームページ http://www.bungak.com
印刷・製本　有限会社青雲印刷

ISBN978-4-86737-212-8　C0092